大岡信 愛の詩集

日中対訳・朗読CD付

大岡信 著
大岡かね子 監修
陳淑梅 訳

題字 大岡かね子
装画 大岡 亜紀

日本僑報社

家族の想い

劇作家。ペンネームは深瀬サキ。一九七〇年代より『ユリイカ』や『文藝』に戯曲作品を発表。

作家、イタリア文学者、東京経済大学教授。『表層生活』（一九九〇年）で芥川賞他、三島由紀夫賞、川端康成文学賞など受賞多数。

画家、詩人。『光のせせらぎ』などの詩集を発表。雑誌、新聞等の装画、装幀などの芸術活動も展開。

本文挿絵‥大岡亜紀

まえがき

夫人・大岡かね子

大岡信は二〇一七年四月五日に、この世を去りました。その大岡信から明治大学大学院で薫陶を受けました陳淑梅さんが、この度、彼の多くの詩の中から、「愛」にまつわるものを選び、中国語に翻訳してくださいました。

「愛弟子の陳淑梅が、僕の愛の詩を中国語に翻訳してくれた。本当に嬉しい。」という彼の声が聞こえてきたような気がします。

陳淑梅さんは大岡信がもっとも信頼していた学生の一人で、彼女は日本文学だけではなく、中国語教育の分野でも活躍されている、大岡信の自慢の門下生でございます。彼女の優れた日本語力、そして豊かな感受性は、多くの日本人を感服させています。その陳さんが、『大岡信 愛の詩集』を中国語に翻訳してくださったことを、私も大変嬉しく思います。

『大岡信 愛の詩集』を翻訳するにあたって、創作背景や、語句の細かな意味の確認まで、陳さんからいろいろと取材を受けました。大岡信もきっと満足する詩集になっていると存じます。

大岡信が愛した中国のたくさんの人たちに、読んでいただければ幸いでございます。

二〇一八年春

孤心ナクシテうたげナシ

長男・大岡玲

亡父・大岡信の文藝評論に『うたげと孤心』という表題の著作がある。彼の数多い評論の中でも、非常に重要な位置を占める作品だ。ざっくり中身を要約してしまうなら、詩歌をはじめとする日本の文藝全般、さらにはさまざまな藝道の創造の現場において、日本独自の原理が強く働いているのではないか、そしてそれは「合す」という方法論ではないか、という仮説を根幹にした評論ということになるだろうか。個人＝「孤心」の所産である創作行為を「合す」意志によって集団的な創作の場に投じていくこと、また、その往還。これによって、作品に「稀有な輝き」が備わる、というのが日本独自の「美意識の構造」ではなかったか、という主張がそこにはある。

はじめてこの本を読んだのは、単行本として発刊された一九七八年の、おそらくは夏頃だったと思う。もとより高々二〇歳そこそこで、かつ、日本の古典詩歌についての知識などほとんど持ち合わせていなかった時分のこと、その内容を把握することさえままならなかったに違いないが、父の思考の流れに圧倒されたことははっきり覚えている。ひと月前に父が世を去り、この小文を書くよう『ユリイカ』編集部から依頼された時、何心なく書架から当時の初版本を取り出し表紙を開いてみて、私は奇妙な衝撃を受けた。

父は、私が高校生になったあたりから、新しい著作が出ると、為書きをしては与えてくれるのが常だった。名前だけの時もあったが、大方はその著作にかかわる短いフレーズが添えられていた。『うたげと孤心』には、こう黒書されている。「玲君　孤心ナクシテ　うたげナシ　信」

受け取った時には、私は別段なんの感慨も抱かなかったはずだ。なるほど、「うたげ」に参入するには、そもそも「孤心」を研き澄まして創るべき何かを持ち合わせなければならないはずだからだね、と、通読したあとにも、きっとその程度の理解しかしなかっただろう。だが、今この時に眺めてふいに思い出したのは、この本が上梓された当時の私の状況だった。本の奥付の初版発行日は、一九七八年二月一三日。著者の手元に来るのはもう少し早いから、父が私に本を手渡したのは、たぶん二月の初め頃だろう。その前年、私は現役での大学受験に失敗し、一浪の身の上だった。本を手渡されたのは、浪人生としての勉強成果が問われる二回目のトライが迫るちょうどその時期だった。
　とすると、浪人生活の、いわば「孤心」をつきつめて勉学にはげみ、成功＝合格の「うたげ」に参入せよ、という風な暗示を父が記した、ということだろうか。あるいは、そういう側面もあったかもしれない。が、なんとなく事実は違う気がするのである。浪人中の秋頃から、私は同じ教室にいた女子生徒と交際しはじめていた。彼女は今は私の妻なのだが、要するに私は浪人生にもあるまじく浮かれていたのである。そんな浮ついた息子の愚かさを見かね、かりそめの「うたげ」に興じず、「孤心」を取り戻せ、そうでないと真の「うたげ」には到達しないぞ、という切なる願いを、父はそれとなく伝えようとした、のではないかという気がするのである。
　深読みの妄想かもしれない。だが、父が逝ったあと、くだんの為書きを眺めた瞬間、どうしてもそう感じられてしまい、なんともいえないおかしみ、そして、沁み沁みした気持ちがわきあがってきたのである。親父さん、ほんとにすみません。バカ息子は、あなたのかそけき意図をまるで解さず、浮かれたまま二浪してしまいました。その結果に父はよほどショックだったのか、真っ黒な自慢の頭髪は白髪だらけになる始末。まあ、のちにはまた黒髪に戻ったが、苦労をかけて申し訳なかったなあ、と詫びつつ、しかし、笑いつつ父に為書きの真意を訊ねてみたくなる。

かなり遠回しで不器用な接し方で自分の子供と関わった父のふるまいの、これは典型例といえるのだが、言葉の世界については、事情はまったく異なり、常にきわめて大胆で周到だった。『うたげと孤心』についても、創造行為における個性の優越という西欧近代がもたらしたドグマが、日本の文藝の流れの中では伝統的にさほどの重要性をもたなかったことを、さまざまな例証をもって示そうと試みているわけだが、それは近代以後積み積み重ねられてきた常識に反逆する視点だったといえるだろう。

「個人の、ある時点、ある情況のもとでの表現には、きびしい一回性というものがあって、他の何をもってしてもそれは代替できないものであるべきだ、という信念」は、少なくとも万葉集以降江戸期が終わるまで、日本の文藝ではあまり配慮されてこなかった観念であり、むしろそこにこそこの国の文学の美質があるという論点を、さらりと提出する勇気——本人は、あまりそういう意識はなかったかもしれないが——には、しかし、ケレンの色合いはまるでなかった。言葉の海を無心に泳いでいったら、そういう島にたどりついた。だから、地図にその島をきちんと記載するといった風情が、父の場合には濃厚である気がする。

『うたげと孤心』という、一見二項対立的な表題もまた、くせものだ。『梁塵秘抄』について論じた「帝王と遊君」の章では、「合す」原理についてこう述べられている。

「「合す」意志と「孤心に還る」意志との間に、戦闘的な緊張、そして牽引力が働いているかぎりにおいて、作品は稀有の輝きを発した。」「見失ってはならないのは、その緊張、牽引の最高に高まっている局面であって、伝統の墨守でもなければ個性の強調でもない。単なる「伝統」にも単なる「個性」にも、さしたる意味はない。けれども両者の相撃つ波がしらの部分は、常に注視と緊張と昂奮をよびおこす。」

父にとって重要だったのは、境界線でなんらの観念を分けて明確化することではなかった。むしろ、対立するかのようななにかが「相撃つ」時に生みだす「波がしら」こそが、「昂奮」の源だという思考。大岡信という詩人が終生執着したのは、言葉たちが生みだす「波がしら」のダイナミズムだったといっていい。その波に乗るとき、少なくても言葉の世界においては、すべての境界は消失し、時空の壁もなくなり。ただ運動の悦楽だけが突出した。そうであればこそ、母語の異なる異国の詩人たちとともに、嬉々として「連詩」なる試みに興じたのだろうし、柿本人麻呂であろうが紀貫之であろうが、エリュアールであろうがスエウリピデスであろうが、彼らの作品をあたかも友人のそれであるかのような態度で読み語ることが可能だったのである。

と記しつつ、やはり笑ってしまうのは、それほどに自在に言葉の時空を往還できた父が、勉強もせずにうかうかと異性にうつつを抜かしていたバカ息子には、遠慮がちな、ほとんど隠微といっていいやり方でしか注意喚起ができなかったという事実だ。父性には、往々にしてそういうところがあるし、私自身もみずから顧みて類似の経験はある。だが、父の為書きから匂いたつ飛びきりのいじらしさには、むしろ鮮やかに彼が心底言葉そのものを生きる詩人だったのだ、という感じがあって、ああ、稀有な人だったなあ、という想いがじわじわと、今、深まっている。

『ユリイカ 二〇一七年七月臨時増刊号・総特集―大岡信の世界』青土社

おかえり　わたしのいとし子

長女・大岡亜紀

わたしの息吹きよ　おかえり
わたしであるものよ　おかえり
またひとり　舞い戻ってきた
咲きこぼれる桜を手繰って手繰られて
はらからの待つふるさとへ
おかえり　いとし子よ

一九三一年二月十六日
富士の胎内に昂る火は営々と水を濾過し
黄道みずがめ宮に太陽はあった
いにしえからの約束をわたしが
おまえの眼差しにそっと置いたのは
摂理が鮎の背びれに光るその朝

初夏の田んぼのめざましい蛙の筋力は
知識と智慧との甚だしい距離のしるし
没落士族の庭の訓をもぞもぞ聴く膝小僧
あの小枝はミミズを掘るのにうってつけ
父親の書棚に揺れるさざ波を潜ればいつも
意味と意思をつらぬいて広がっていた豊饒

わたしは　あめつちに注ぐいのち
わたしをそこなっていた事どもが
だしぬけに斃れたあの夏　八月十五日
生き存うよろこびと夭折できぬ戸惑いが
青すぎる空の下　おまえに満ちて噴きだした
濾過された水として

まこととは　真の言の葉
まこととは　いつわらぬこと
まこととは　詩を生きること

浅ましく記すことなく
貧しく語ることなく
世界と視界　二重写しの漆黒に針孔を穿ち
因果にゆだねられた種子と
自然（じねん）からなる営みを確かめつづけた
それから時々わたしを口寄せた

万葉びとも平安びとも　そのうたが
だれかに留まるかぎり今なお生きる
依り代の言の葉にそよいで
解いた現し身を越えて生きる
だからいつか　おまえもうたうだろう
はるかなことばになって

小鳥のさえずりと雷雲の兆しを巡れ
刻まれる一瞬と　一瞬に裏付けられる久遠に遊べ
不在によってこそ人のくちびるによみがえるものとなって

うたえ　おまえのために　わたしのために
さあ　水瓶に水をたたえよ
ふたたび　あめつちに注がれるものとなるために

『ユリイカ　二〇一七年七月臨時増刊号・総特集――大岡信の世界』青土社

目次

家族の想い

大岡信　愛の詩集

木馬

夜ごと夜ごと　女がひとり
ひっそりと旅をしている　（ポール・エリュアール）

日の落ちかかる空の彼方
私はさびしい木馬を見た
幻のように浮かびながら
木馬は空を渡っていった

やさしいひとよ　窓をしめて
私の髪を撫でておくれ
木馬のような私の心を
その金の輪のてのひらに
つないでおくれ
手錠のように

夏のおもひに

この夕(ゆふべ)　海べの岩に身をもたれ。
ゆるくながれる　しほの香に夕の諧調(アルモニー)は　海をすべり。
いそぎんちゃくの　かよわい触手は　ひそかにながれ。
とほくひがしに　愁(うれ)ひに似て　甘く　ひかりながれて。

この夕　小魚の群の　ゐがく　水脈(みを)に。
かすかな　ひかりの小皺　みだれるをみ。
いそぎんちゃくの　かよわい触手は　ひそかにながれ。
海の香と　胸とろかす　ひびきに呆(ほう)けて。

とらはれの　魚群をめぐる　ひとむれの鷗らに
西の陽のつめたさが　くろく落ち。

はなれてゆく遊覧船の　かたむきさへ　愁ひをさそひ。

この夕　海べの岩に身をもたれ。
こころひらかぬままに　おづおづと　語らひもせず　別れしゆゑ
ゆゑもなく慕はれる人の　面影を　夏のおもひに　ゐがきながら。

青春

あてどない夢の過剰が、ひとつの愛から夢をうばった。おごる心の片隅に、少女の顔の傷のような裂目がある。突堤の下に投げ捨てられたまぐろの首から吹いている血煙のように、気遠くそしてなまなましく、悲しみがそこから吹きでる。

ゆすれて見える街景に、いくたりか幼いころの顔が通った。まばたきもせず、いずれは壁に入ってゆく、かれらはすでに足音を持たぬ。耳ばかり大きく育って、風の中でそれだけが揺れているのだ。

街のしめりが、人の心に日向葵でなく、苔を育てた。苔の上にガラスが散る。血が流れる。静寂な夜、フラスコから水が溢れて苔を濡らす。苔を育てる。それは血の上澄みなのだ。

ふくれてゆく空。ふくれてゆく水。ふくれてゆく樹。ふくれる腹。ふくれる眼蓋。ふくれる唇。やせる手。やせる牛。やせる空。やせる水。やせる土地。ふとる壁。ふとる鎖。だれがふとる。だれが。だれがやせる。血がやせる。空が救い。空は罰。それは血の上澄み。空は血の上澄み。

あてどない夢の過剰に、ぼくは愛から夢をなくした。

青空

1

最初、わたしの青空のなかに、あなたは白く浮かびあがった塔だった。あなたは初夏の光の中でおおきく笑った。わたしはその日、河原におりて笹舟をながし、溢れる夢を絵具のように水に溶いた。空の高みへ小鳥の群はひっきりなしに突き抜けていた。空はいつでも青かった。わたしはわたしの夢の過剰でいっぱいだった。白い花は梢でゆさゆさ揺れていた。

2

ふたたびはその掌の感触に
わたしの頬の染まることもないであろう

その髪がわたしの耳をなぶるには
冬の風はあまりに強い

わたしの胸に朽葉色して甦える悲しい顔よ
はじめからわかってたんだ
うつむいてわたしはきつく唇を嚙む
今はもう自負心だけがわたしを支え
そしてさいなむ

ひとは理解しあえるだろうか
ひとは理解しあえぬだろう

わたしの上にくずれつづける灰色の冬の壁
空の裂目に首を出して
なお笑うのはだれなのか
日差しはあんまり柔らかすぎる
わたしのなかの瓦礫の山に　こわれた記憶に

ひとはゆるしあえるだろうか
ひとはゆるしあうだろう　さりげない微笑のしたで

たえまなく風が寄せて
焼けた手紙と遠い笑いが運ばれてくる
わたしの中でもういちど焦点が合う
記憶のレンズの……
燃えるものはなにもない！

明日こそわたしは渡るだろう
あの吊橋
ひとりづつしか渡れないあの吊橋を
思い出のしげみは　二月の雨にくれてやる

うたのように　2

教室の窓にひらひら舞っているのは
あれは蝶ではありません
枯葉です

墓標の上にとまっているのは
あれは蝶ではありません
枯葉です

君と君の恋人の胸の間に飛んでいるのは
あれは蝶ではありません
枯葉です

え　雪ですか
さらさらと静かに無限に降ってくるのは
ちがいます　天に溢れた枯葉です

裸の地球も新しい衣装を着ますね
あなたの眼には葉脈がひろがりましたね
夜ごとにぼくらは空の奥へ吹かれるんですね

あ　あなたでしたか　昨夜ぼくを撫でていたひと
すみません　忘れてしまって
だれもかれも手足がすんなり長くなって
舞うように歩いていますね

うたのように　3

十六才の夢の中で、私はいつも感じていた。私の眼からまっすぐに伸びる春の舗道を。空にかかって、見えない無数の羽音に充ちて、舗道は海まで一面の空色のなかを伸びていった。恋人たちは並木の梢に腰かけて、白い帽子を編んでいた。風が綿毛を散らしていた。

十六才の夢の中で、私は自由に溶けていた。真昼の空に、私は生きた水中花だった。やさしい牝馬の瞳をした年上の娘は南へ行った。彼女の手紙は睡蓮の香と潮の匂をのせてきた。小麦色した動物たちは、私の牧場で虹を渡る稽古をつづけた。

私はすべてに「いいえ」と言った。けれどもからだは、躍りあがって「はい」と叫んだ。

春のために

砂浜にまどろむ春を掘りおこし
おまえはそれで髪を飾る　おまえは笑う
波紋のように空に散る笑いの泡立ち
海は静かに草色の陽を温めている

おまえの手をぼくの手に
おまえのつぶてをぼくの空に　ああ
今日の空の底を流れる花びらの影

ぼくらの腕に萠え出る新芽
ぼくらの視野の中心に
しぶきをあげて廻転する金の太陽

ぼくら　湖であり樹木であり
芝生の上の木洩れ日であり
木洩れ日のおどるおまえの髪の段丘である
ぼくら

新らしい風の中でドアが開かれ
緑の影とぼくらとを呼ぶ夥しい手
道は柔らかい地の肌の上になまなましく
泉の中でおまえの腕は輝いている
そしてぼくらの睫毛の下には陽を浴びて
静かに成熟しはじめる
海と果実

生きる

人は知っているだろうか
水には幾重も層があるのを
水底の魚とおもてに漂う金魚藻とは
ちがった光を浴びている
それがかれらを多彩にする
それがかれらに影を与える

ぼくは舗道に真珠をひろう
ぼくは生きる　影像の林の中に
心のいとに張りめぐらされた音符の上に
ぼくは生きる　雪の上にしたたる滴の穴の中
銭苔のひらく朝の湿地に

ぼくは生きる　過去と未来の地図の上に

きのうのぼくの眼の色をぼくは忘れた
しかしきのうのぼくの眼が何を見たかを
ぼくの指は知っている
眼の見たものは手によって
樵の肌をなでるようになでられたから
おお　ぼくは生きる　風に吹かれる肉感の上に

神話は今日の中にしかない

なめらかな苔の上で燃えあがる影
ぼくの中の燃えるいばら
ぼくの両眼に巣をかけて
茂みに街に風を運ぶ小鳥たち

朝の陽ざしは葉のうらで
午後の緑をはや夢みている
道の遠くで埃があがる
その中で舞う子供らのあいだをぬって
むかし死んだおまえの母の優しい手が
丸い小石をふりまいてゆく
池のふちまで……

池にひびく小鳥の足音
あれはぼくらの夢の羽音だ
そのはばたきは
季節の屋根をとびうつりながら
晴れた空のありかを探す五本の指だ

苔の上では星が久しい眠りから覚め
ぼくの夜がおまえのかすかに開かれた
唇の上であけはじめる

地下水のように

かさなりあった花花のひだを押しわけ
地の下から光が溢れ河が溢れる

道
おまえの足をあたため
空
おまえの中にひろがる

風に咲く腕をひろげよ
夢みよう　果実が花を持つ朝を
泥の中で若い手がのびをする

ぼくは土と握手する

むなしかった歳月ののち
ぼくは立つ
燃える森の輝きの下に

悲しみさえ骨に鋭い輝きを加え
苦痛は内からぼくの肉をかおらせる
無益なものはなにもない

ぼくはからだをひらく
樹脂の流れる森に向って
おまえに向って

おまえの下から風が起り
おまえの声は岩に当ってこだまを散らす
ぼくの眼が猟犬となって追いまわす
地平の上に　風景の上に　ぼくらの間に

ライフ・ストーリー

一羽でも宇宙を満たす鳥の声
二羽でも宇宙に充満する鳥の静寂

少年時

水草の重たい吐息におおわれた
夕暮のまちを魚（うお）のように
手紙のように縫ってゆく
春　そして　驟雨

石段のうえで
透明なぼくの影を鳩がついばみ
遠くの空を
死者たちが噴水にのって昇ってゆく

風が吹き
瞳を洗いにやってくる

枯葉の雨

金魚鉢の金魚の背中に子供がひとり
藻草を食い
夕日のへりにひっかかった遙かな町から
おねぎを下げて歩いてくるぼくの素足の
こいびと

二人

水平線がふいに二段に割れてしまった
そのあわい　うなだれた花をかかえて
少女がひっそり立っている

タヒチの方から吹き寄せた風が
彼女の細い腰のまわりをひとまわり
花と一緒にまきあげて
上段の水平線にほうりあげた

遠い岸で驟雨が小魚をたたいているのに
風の奇妙な愛をうけて
ああもう彼女は降りられない　下を覗いて

行きつ戻りつ　はや夕空だ

街の明るい部屋の窓から
ぼくはふしぎなこの景色を見た
夕焼に燃える少女の顔に見おぼえがある
まさしくあれはぼくの少女だ

どうしよう　ぼくらは約束していたのだ
海で会おうと　彼女がそこで
魚や鳥と話してみせるはずだった

ぼくは駆けだす　波の上を
しかしぼくは行きすぎてしまう
悲しげに覗きこんでる少女の下を
もう暗い　雲がぼくらの間に割り込み
彼女の乗った水平線は遠ざかるらしい

沖がくすくす笑いながらはねをとばす
とつぜん彼女が雲の上から叫びだす
嘘つきね　嘘つきね　あなたなんか……

うろたえて駆け廻るぼくの頭の上に
むざんにちぎれた花びらが散る
波がそれを運んでゆく
あおぐろい藻がざわめいている未来の岸へ

肖像

荒けずりの額のなかに
野や街が沈んでいる

きみはいつも
めざめの裏側からやってきた
その出現は
沖をめぐる微風のような
始まりのない持続
樹々が姿を消した森にわなないている
永遠の正午　永遠の伝説

鳥のあしゆびを炎がふちどるゆうべ

きみは小さな燃える雲だ

きみのなかの子午線や
あざやかな環礁のうえを
まっさおな魚が群れて通る
藻のあいだには　遥かな塔をみつめている
眼
その燃えつづけるコロナ

きみは裏を貼ってない　鏡だ
涯しらずその内側にぼくは墜ちる

あるときは
きみの内部に垂れている　ブランコ
子供らの姿はなく
秋がひっそり腰かけている

だがきみは
とりわけ天に逆流する美しい嵐
稲妻を越え　期待を越えて
宇宙のへりに差しのべられた十本の指
その熱い　唇のように感じやすい　指さき

はるかな微風が
きみに海のイメージをかえす
灼けている　さわやかな腋毛
きみは無限に歩む

動きにこそ　形がみごとに保たれていると
ひそかに証しするために

丘のうなじ

丘のうなじがまるで光つたやうではないか
灌木の葉がいつせいにひるがへつたにすぎないのに

こひびとよ　きみの眼はかたつてゐた
あめつちのはじめ　非有（ひゆう）だけがあつた日のふかいへこみを

ひとつの塔が曠野に立つて在りし日を
回想してゐる開拓地をすぎ　ぼくらは未来へころげた

凍り付いてしまつた微笑を解き放つには
まだいつさいがまるで敵（かたき）のやうだつたけれど

こひびとよ　そのときもきみの眼はかたつてゐた
あめつちのはじめ　非有だけがあつた日のふかいへこみを

こゑふるはせてきみはうたつた
唇を発つと　こゑは素直に風と鳥に化合した

火花の雨と質屋の旗のはためきのしたで
ぼくらはつくつた　いくつかの道具と夜を

あたへることと　あたへぬことのたはむれを
とどろくことと　おどろくことのたはむれを

すべての絹がくたびれはてた衣服となる午後
ぼくらはつくつた　いくつかの諺と笑ひを

編むことと　編まれることのたはむれを
うちあけることと匿すことのたはむれを

仙人が碁盤の音をひびかせてゐる谺のうへへ
ぼくは飛ばした　体液の歓喜の羽根を

こひびとよ　そのときもきみの眼はかたつてゐた
あめつちのはじめ　非有だけがあつた日のふかいへこみを

花粉にまみれて　自我の馬は変りつづける
街角でふりかへるたび　きみの顔は見知らぬ森となつて茂つた

裸のからだの房なす思ひを翳らせるため
天に繋つた露を溜めてはきみの毛にしみこませたが

きみはおのれが発した言葉の意味とは無縁な
べつの天体　べつの液になつて光つた

こひびとよ　ぼくらはつくつた　夜の地平で
うつことと　なみうつことのたはむれを

かむことと　はにかむことのたはむれを　そして
砂に書いた壊れやすい文字を護るぼくら自身を

男は女をしばし掩ふ天体として塔となり
女は男をしばし掩ふ天体として塔となる

ひとつの塔が曠野に立つて在りし日を
回想してゐる開拓地をすぎ　ぼくらは未来へころげた

ゆゑしらぬ悲しみによつていろどられ
海の打撃の歓びによつて伴奏されるひとときの休息
丘のうなじがまるで光つたやうではないか
灌木の葉がいつせいにひるがへつたにすぎないのに

炎のうた

わたしに触れると
ひとは恐怖の叫びをあげる
でもわたしは知らない
自分が熱いのか冷たいのかを
わたしは片時も同じ位置にとどまらず
一瞬前のわたしはもう存在しないからだ
わたしは燃えることによってつねに立ち去る

わたしは闇と敵対するが
わたしが帰っていくところは
闇のなかにしかない

人間がわたしを恐れるのは
わたしがわたしの知らない理由によって
木や紙やひとの肉体に好んで近づき
身をすりよせて愛撫し呑みつくし
わたし自身もまた
それらの灰の上で亡びさる
無欲さに徹しているからだ

わたしに触れたひとがあげる叫びは
わたしが人間にいだいている友情が
いかに彼らの驚きのまとであるかを
教えてくれる

きみはぼくのとなりだつた

声はいつも地球の外へ放たれた
でもぼくはきみのとなりにゐた
きみはぼくのとなりだつた

きみのかたちは静けさにみちてゐたので
きみが実在することがこんなにも信じられた

夜ひと夜　はげしい嵐がすさんだが
瞑想のための時はあつた

睡蓮と炎のための時はあつた

満月と壺のための時はあつた
不愉快にもぼくらの生を要約すべく
息を切らして走つてくる使者もあつたが

ゆつくり時は過ぎてゐた
厚紙のなかへ沁みこんでゆく冷ややかな水のやうに

時は溢れる刻限へ向けて
今はまだ少しづつ　沁みてゐた　ぼくの内部へ

声はいつもしじまへ向けて高まつてゆき
地球の外へ落ちていつた

ぼくはひとり　きみのいのちを生きてゐた

光のくだもの

きみの胸の半球が　とほい　とほい
海のうへでぼくの手に載つてゐる

おもい　おもい　光でできたくだものよ
臓腑の壁を茨のとげのきみが刺し　きみが這ふ

遠さがきみを　ぼくのなかに溢れさせる
不在がきみを　ぼくの臓腑に住みつかせる

夜半（よは）に八万四千の星となつて　夢をつんざき
きみがぼくを通過したとき

ひび割れたガラス越しにぼくは見てゐた　星の八万四千が
きみをつらぬき　微塵に空へ飛び散らすのを

サキの沼津

空を映してゐるとき、海は
もう真夜中とはちがふ海だ。
きみをおもふとき、ぼくは
雪の焔に身を運ばせる。
海くぐり抜け、
月のきみを
空高く浮かべてやる。

きみの胸が掌(て)に重い。
二人のあひだの百キロの距離は、
綱渡りすべきわが地平線。
夜をこめて

ぼくはそれを端までたどる、
暁方の疲弊のなかで
つひにきみの戸を叩くまで。
テーベーの住むきみの肺の戸。

葉が落ちる。
鳥が高い。
明るくなつた冬ざれの野に
ぼくらの足が道をつくる。
仮眠してゐる苦しみの蟻。
やつらの眼覚めを恐れつつ
それでもぼくらはやつらのために
道をつくる、ぼくら自身で。

ごらん、
海が空を映すとき
いつぴきづつの魚の眼玉を

一輪づつの陽がふちどる。
沈みながら、魚は平たい下顎で
岩藻をついばみ
眼をあけたまま眠りこむ。
知らずに深く苦しんでゐる魂のやうに。

わかるかい、
ならんで立つぼくらの横に、
べつのぼくらが
ふかぶかと眠つてゐるのが。
おお　苦しみも知らず
眠つてゐるのが。

だからぼくは何度でも
雪の焔に身を運ばせる。
海くぐり抜け、
月のきみを

空高く浮かべてやるのだ、
昔の沼津の夕陽の彼方へ。

双眸

たとへば雲に翔ぶ鳥の
わかれては逢ふ
空の道
かな

あとがき

大岡信先生は私の恩師です。

私が初めて大岡先生にお会いしたのは、日本に来てまだ三日目、大学院の新入生歓迎会の席でした。大岡先生は私が日本人の学生と雑談していると、近くにやってきて「あなたの日本語はとても上手だが、ちょっとアナウンサーみたいだね」と言われ、それからすぐ私の回りにいた日本人の学生に、「彼女がもう少し自然な日本が話せるように、きみたちはできるだけたくさん彼女と話してあげなさい。でも、変な日本語を教えちゃだめだよ」と言ってくださいました。あれからもう三十年以上経っているとは、時の流れの速さに、今更ながら本当に驚きます。

その年の年末、私ははじめて先生のご自宅で行われる忘年会に招待されました。それから毎年、春には必ず先生の家でお花見をし、年末年始には先生の家で行われる忘年会や新年会に参加しました。それ以来、大岡先生と夫人のかね子さんにはどれだけお世話になったか、言葉ではとても言い表せないほどです。
大岡先生は私の学問の上の師であるだけではなく、私の人生の恩人でもあります。私の日本人の夫との結婚を後押ししてくださったのも大岡先生とかね子さんです。また、娘が生まれたときも、当時ちょうど、先生とかね子さんはお仕事でパリに滞在中でしたが、私に娘が生まれたと聞き、すぐにパリから一箱分のベビー服を娘に送ってくださいました。そして、手紙には「ずいぶん長い間、赤ん坊の服は買っていなかったので、おじいさんとおばあちゃんとしての喜びを再び味わえました」と書かれていました。あれから二十数年たった今でも、その時の感動と感謝の気持ちは忘れていません。
二〇一七年四月五日、そんな大岡先生はこの世を去りました、享年八十六歳でした。先生が亡くなられる四日前の四月一日に、私は先生のお友達数人といっしょに、いつものように花見を兼ねて裾野の先生のお宅にお邪魔していました。その時の先生は気色もよく、大変元気な様子でした。別れ際に、先生は笑顔で私達一人ひとりに握手をして、年末の忘年会でまた会うことを約束しました。しかし、それが永遠の別れになるとは思いもよりませんでした。
大岡信先生は戦後の日本を代表する詩人の一人であると同時に、傑出した批評家です。先生の逝去は日本文学にとって大きな損失と言って過言ではありません。先生の出版された著作を積み上げると、三・四人分の背丈になるでしょう。先生がご健在の時にも、教え子としてその作品を中国語に訳し、中国の読者に紹介したいという思いはありました。しかし、先生の作品の語彙の豊富さや表現の巧みさ、そして含意の深さを、私はうまく翻訳して伝える自信がありませんでした。私は今もそのことが悔やまれてなりません。先生におわびしたい気持ちでいっぱいです。

今となっては遅きに逸した感はありますが、大岡先生を追悼する気持ちを込め、かね子夫人からも多くの協力をいただき、先生が書いたたくさんの詩の中から、愛の詩を二十篇精選し、これを翻訳して、中国のみなさんに届けたいと思います。

詩の翻訳は想像以上に難しい作業でした。特に言葉の魔術師のような大岡先生の詩を外国語に翻訳するのは、本当に大変でした。先生がご健在の時に、自分の作品を間違って訳されているのを見て、怒りというか、やむを得ないというか、とにかくいい気はしないとおっしゃっていたことを思い出しました。

そこで、今回の愛の詩の翻訳にあたっては、先生の生前の教えに従い、翻訳の三大原則である「信（正確さ）、達（流暢さ）、雅（美しさ）」の、「信」を特に重視し、できるだけ先生の詩のニュアンスを壊さないように、原文に忠実な訳をするよう心掛けました。

この『大岡信 愛の詩集』を出版するにあたり、大岡先生のご家族みなさんのご協力もいただきました。まず、私の選出した二十篇の詩を夫人のかね子さんが一つ一つ、その内容を確認してくださいました。そして、それぞれの詩の創作背景についても丁寧に教えてくださり、また、感動するようなお二人の物語も聞かせていただきました。たとえば、「木馬」という詩は先生がかね子さんと熱愛中の作品で、先生はその詩を鉛筆で小さな紙切れに書き、人が見ていないところでこっそりと、当時の恋人である今の奥様の手に握らせたそうです。

大岡先生のご令息・大岡玲さんは芥川賞と三島賞の二つの賞を受賞した著名な小説家であり、ご令嬢の大岡亜紀さんは画家であり詩人です。本詩集の前書きとして、お二人が雑誌『ユリイカ』に書かれた大岡信先生を追悼する詩と文を転載したいとお願いしたところ、すぐさま快諾してくださっただけでなく、翻訳するにあたって、私の質問にも丁寧に回答してくださいました。また、本詩集の表紙のデザインには、大岡亜紀さんがご自身の絵を無償で提供してくださいました。

本書は、日本と中国の読者の両方に、大岡先生の愛の詩の逸品を鑑賞していただくために、中国語訳だけではなく、日本語の原文も掲載しています。同時に、耳でも鑑賞していただくために、朗読CDも制作しました。訳者である私は中国語訳を朗読していますが、日本語の原文は私の友人でもあり、ともに大岡先生の教えを受けたアナウンサーの奈良禎子さんにお願いしました。奈良さんの朗読は発音が正確で、かつなめらか。そして、声質もよく情感も豊かなので、まさに教科書的な詩の朗読手本と言えます。

そしてまた、大岡かね子さんも私の無理な注文を受け入れ、詩「木馬」を自ら朗読してくださいました。さらに筆で、本書の書名も書いてくださいました。どちらも、ぜひご鑑賞ください。

最後になりましたが、私の翻訳原稿に対して丁寧に校正と修正を行ってくださった張石先生と胡興智先生にも心から感謝致します。また、この詩集の出版にあたり大きな力を貸してくださった段躍中先生に深く感謝します。

みなさん、本当にありがとうございました。

二〇一八年春、大岡信先生の一周忌を迎えて

陳淑梅

在りし日の大岡夫妻

豊子愷児童文学全集（全7巻）

豊子愷児童文学全集 第1巻

一角札の冒険

豊子愷 著
小室あかね（日中翻訳学院）訳

次から次へと人手に渡る「一角札」のボク。社会の裏側を旅してたどり着いた先は……。世界中で愛されている中国児童文学の名作。

四六判152頁 並製 定価1500円＋税
2015年刊 ISBN 978-4-86185-190-2

豊子愷児童文学全集 第2巻

少年音楽物語

豊子愷 著
藤村とも恵（日中翻訳学院）訳

中国では「ドレミ」が詩になる？
家族を「ドレミ」に例えると？
音楽に興味を持ち始めた少年のお話を通して、音楽の影響力、音楽の意義など、音楽への思いを伝える。

四六判152頁 並製 定価1500円＋税
2015年刊 ISBN 978-4-86185-193-3

豊子愷児童文学全集 第3巻

博士と幽霊

豊子愷 著
柳川悟子（日中翻訳学院）訳

霊など信じなかった博士が見た幽霊の正体は？
人間の心理を鋭く、ときにユーモラスに描描いた傑作短編集。

四六判131頁 並製 定価1500円＋税
2015年刊 ISBN 978-4-86185-195-7

豊子愷児童文学全集 第4巻

小さなぼくの日記

豊子愷 著
東滋子（日中翻訳学院）訳

どうして大人はそんなことするの？
小さな子どもの瞳に映った大人社会の不思議。激動の時代に芸術を求め続けた豊子愷の魂に触れる。

四六判249頁 並製 定価1500円＋税
2016年刊 ISBN 978-4-86185-192-6

豊子愷児童文学全集 第5巻

わが子たちへ

豊子愷 著
藤村とも恵（日中翻訳学院）訳

時にはやさしく子どもたちに語りかけ、時には子どもの世界を通して大人社会を風刺した、近代中国児童文学の巨匠のエッセイ集。

四六判108頁 並製 定価1500円＋税
2016年刊 ISBN 978-4-86185-194-0

豊子愷児童文学全集 第6巻

少年美術物語

豊子愷 著
舩山明音（日中翻訳学院）訳

落書きだって芸術だ！
豊かな自然、家や学校での生活、遊びの中で「美」を学んでゆく子供たちの姿を生き生きと描く。

四六判204頁 並製 定価1500円＋税
2017年刊 ISBN 978-4-86185-232-9

豊子愷児童文学全集 第7巻

中学生小品

豊子愷 著
黒金祥一（日中翻訳学院）訳

子供たちを優しく見つめる彼は、思い出す。学校、先生、友達は、作家の青春に何を残しただろう。若い人へ伝える過去の記録。

四六判204頁 並製 定価1500円＋税
2017年刊 ISBN 978-4-86185-191-9

溢れでる博愛は
子供たちの感性を豊かに育て、
やがては平和に
つながっていくことでしょう。

海老名香葉子氏推薦！
［エッセイスト、絵本作家］

日中対訳・朗読CD付 **大岡信 愛の詩集**

2018年5月16日　初版第1刷発行

著　者　大岡 信（おおおか まこと）
監　修　大岡 かね子（おおおか かねこ）
訳　者　陳 淑梅（ちん しゅくばい）
朗　読　（中国語）陳 淑梅
　　　　（日本語）奈良 禎子（なら ていこ）
発行者　段 景子
発売所　日本僑報社
〒171-0021 東京都豊島区西池袋3-17-15
TEL03-5956-2808　FAX03-5956-2809
info@duan.jp
http://jp.duan.jp
中国研究書店 http://duan.jp

ISBN 978-4-86185-253-4

■著者

大岡信（おおおか まこと）

1931年2月静岡県三島市生まれ。日本の詩人、評論家。東京芸術大学名誉教授。
東京大学文学部国文科卒業。読売新聞社記者、明治大学教授、東京芸術大学教授、日本ペンクラブ会長、日本芸術院会員などを歴任。
1997年文化功労者。2003年文化勲章受章。2004年フランス政府よりレジオンドヌール勲章受章。菊池寛賞、芸術院恩賜賞など受賞多数。
1979年から2007年まで朝日新聞に「折々のうた」を連載。著書に『紀貫之』（筑摩書房）、『うたげと孤心』（集英社）、『私の万葉集』（講談社）。詩集に『記憶と現在』（書肆ユリイカ）、『透視図法—夏のための』（書肆山田）、『春 少女に』（書肆山田）、『故郷の水へのメッセージ』（花神社）、『丘のうなじ』（童話屋）など多数。
2017年4月5日逝去。

■訳者・朗読（中国語）

陳淑梅（ちん しゅくばい）

東京工科大学教授。中国天津市出身。天津外国語大学卒業。1986年来日。明治大学大学院文学研究科博士後期課程修了。著書に『中国語エッセイ 小点心 あっさり味の日中文化論』、『やさしい中国語で読む自伝エッセイ 茉莉花』（いずれもNHK出版社）など。テレビやラジオの中国語講座講師を多数担当。

■朗読（日本語）

奈良禎子（なら ていこ）

東京生まれ。青山学院大学卒業後、MRT宮崎放送にアナウンサーとして入社。
退社後はフリーとなり、NHKテレビ「きょうの料理」「手話ニュース」、NHKラジオ「今日も元気で」、NHK国際局「ウィークエンドワイド」などを担当。現在千葉経済大学講師、NHK学園朗読講師、FM江戸川パーソナリティ。

■作者

大冈信

1931年2月生于静冈县三岛市。日本诗人、评论家。东京艺术大学名誉教授。
东京大学国文系毕业。历经读卖新闻记者后，历任明治大学教授、东京艺术大学教授、日本笔会会长、日本艺术院会员。
1997年被授予文化功劳者，2003年荣获文化勋章。2004年荣获法国荣誉军团勋章。
并获菊池宽奖、艺术院恩赐奖等众多文学奖。
1979年至2007年在朝日新闻连载《四季诗歌》。著书有《纪贯之》（筑摩书房）、《宴席与孤心》（集英社）、《我的万叶集》（讲谈社）等。发行诗集有《记忆与现在》（书肆尤里卡）、《透视图法—为了夏天》（书肆山田）、《春天 致少女 》（书肆山田）、《捎给寄予故乡水的口信儿》（花神社）、《山丘的脖颈》（童話屋）等多数。
2017年4月5日去世。

■翻译・朗读（中文）

陳淑梅

东京工科大学教授。中国天津市出身。天津外国语大学毕业。1986年来日。明治大学大学院文学研究科博士后期课程修了。著书有《汉语散文 小点心—清淡口味的日中文化论》、《简单汉语阅读篇 自传散文 茉莉花》（均为 NHK出版发行）等。多次担任电视・广播汉语讲座讲师。

■朗读（日语）

奈良禎子

东京都人。青山学院大学毕业后，任MRT宫崎放送播音员。之后作为自由播音员曾担任NHK电视台“今日料理”、“手语新闻”、NHK广播电台“今天也精力十足!”、NHK国际局“周末广角”等节目。现任千叶经济大学讲师、NHK学园朗读讲师、FM江户川节目主持人。

日中对译

大冈信
爱情诗集

大冈信 著

大冈かね子 监修

陈淑梅 译

朗诵CD 陈淑梅（中文）
奈良禎子（日语）

The Duan Press

家人的追思

前言

夫人、大冈かね子

剧作家。笔名:深濑SAKI。七十年代开始在杂志《尤里卡》、《文艺》上发表戏剧剧本。

无孤心，即无宴席

长子、大冈玲

作家、意大利文学家、东京经济大学教授。创作小说《表层生活》（一九九〇年）获芥川奖。并获三岛由纪夫奖、川端康成文学奖的众多文学奖。

你回来了，我可爱的孩子

长女、大冈亚纪

画家、诗人。发表过《光的溪流》等诗集。并从事报刊、杂志的插图、装帧以及书籍美术设计。

插图：大冈亚纪

前　言

夫人、大冈かね子

2017年4月5日，大冈信离开了这个世界。

曾在明治大学大学院从师于大冈信的陈淑梅女士，从他的众多诗作中，选择出以歌颂爱情为中心的诗篇，并将其翻译成中文。

我仿佛听到他的声音在说："得意门生陈淑梅将我的爱情诗译成中文，甚喜甚喜！"

陈淑梅女士是大冈信最信任的弟子之一。她不仅在日本文学领域，而且在汉语教育领域也成绩优异，是大冈信引为自豪的得意门生。她的日语能力之高超、感受性之丰富，令众多日本人为之悦服。此次陈女士将《大冈信 爱情诗集》译成汉语，我也感到非常欣慰。

在《爱情诗集》的翻译过程中，我曾多次接受了陈女士的采访。从诗的创作背景，甚至包括诗中的一词一句的含义。因此，我相信诗集一定会让大冈信感到满意。

衷心希望大冈信所热爱的中国读者能够阅读并喜欢这本爱情诗集。

2018年春

无孤心，即无宴席

长子、大冈玲

先父大冈信的文艺评论中有一部题为《宴席与孤心》的论著。在他众多的著作中，《宴席与孤心》占有极其重要的位置。大致的内容可以这样归纳：以诗歌为代表的日本文学的各种形式，包括各种表演艺术的创作现场，具有强烈的影响力的应该说是日本独特的原理，即“合”的方法论。在这一假设的前提下，书中指出，将个人，即“孤心”的创作成果，在“合”的意识支配下投入集团创作的现场再反馈个人，如此反复，作品就会大为增色。这就是日本独特的“美意识的结构”。

我第一次读到这本书大约是单行本出版的1978年夏天。我当时刚刚二十岁出头，加上对日本的古典诗歌没有任何知识，所以书里的内容似懂非懂，但是父亲的思考方式给我带了的冲击，至今我还记忆犹新。

一个月前，父亲辞世。杂志《尤里卡》① 委托我撰写此文，我随意从书架上取下这本书的初版本，一翻开封面，顿时一股奇特的激流传遍全身。

从我上高中的时候起，父亲每出版一本书，总要送我一本，并附上题辞。有时只有签名，多数都要写上几句与书的内容有关的词句。《宴席与孤心》的书上，用毛笔字写着：“玲君，无孤心，即无宴席　信”。

当时我到这条题辞，并没有太大的感慨。通读全书之后，

才知道，原来想加入宴席，先要磨练孤心啊。当时的感想不过如此。但是，现在重新看到这一题辞，不由得回忆起这本书出版时自己所处的境地。翻开书的底页，上面记载的发行日期是1978年2月13日。书寄到作者本人手里，要稍早一些，所以，父亲把书送给我的时候，应该是2月初。一年前的1977年，我高考落榜，正在补习待考。作为一个补习生，接受考验的第二次的高考迫在眉睫，正值那个关头，我收到了这本书。

由此看来，父亲的题辞一定是在暗示一个补习生，要恪守“孤心”，努力学习，争取获得成功＝高考榜上有名的“宴席”，至少应该有这方面的含义。然而，我却与此背道而驰，高考落榜后的那年秋天，我开始和补习班的一个同班女生谈起了恋爱，这个女生就是我现在的妻子。就是说，作为一个补习生，我竟不顾身份，沉溺于快乐的浪漫之中了。面对这个浮躁的蠢子，父亲是想婉转地把他的殷切期待转达给我，告诉我：“不要沉溺于一时的‘宴席’，收回‘孤心’吧，否则，是不能获得真正的‘盛宴’的。”

这也许是我的胡思乱想。但是，父亲去世后的今天，再次看到那条题辞的瞬间，一种略带滑稽的伤感油然而生：父亲大人，实在抱歉。儿子不才，您的这个小小的期待我全然不知，在快乐的浪漫中迎来了第二次高考落榜。当时，父亲仿佛受了出乎寻常的打击，引为自豪的满头黑发变得白发苍苍。当然，不久以后又恢复了正常。事到如今，只好向父亲道歉：让您操心了。同时还想笑着问一问父亲那条题辞的真义。

从这个典型的例子来看，父亲与自己孩子的交流方式，是这般婉转、这般笨拙。但是一旦进入语言的世界，那就完全不

同了。总是那么大胆、缜密。在《宴席与孤心》中，父亲试图通过各种例证证明，创作行为中个性的优越这一来自西方近代的教义，在日本文艺潮流中，从未发挥过什么重要作用。而父亲的这一观点其实是与近代以后持续多年的传统观念相对立的。

父亲在书中提出，“某一个人、某一个时点、某一种情况下的表现方式，应该带有严格的独自性，其他的任何方法都不可代替”，这种信念至少从《万叶集》到江湖时代结束，在日本文坛未曾受到重视，相反，不顾及独自性成为这个国家的文学美德。如此轻描淡写地提出这样重要的论点的勇气是不容置疑的——或许本人根本没有意识到论点的重要性，所以对此并没有浓墨重彩的描述。就像在语言的海洋里专心地畅游，游到一个岛屿，于是就在地图上记下那个岛屿的名字。这就是父亲的风格。

《宴席与孤心》，这个看起来二元对抗性的标题本身就很怪癖。父亲在评论集《梁尘秘抄》② 的「帝王与艺妓」一章中，对“合”的原理做过如下的论述：“作品的出彩之处，正是祈望‘合’与祈望‘回归孤心’的二者之间激烈的排斥与吸引发生之时。”“不可忽视的是，精彩是因为排斥和吸引达到了高潮，既不是传统的墨守也不是个性的强调。单纯的“传统”和单纯的“个性”并无太大意义。而二者相撞产生的浪花，才会唤起读者的注视，使人感到紧张和昂奋。”

对父亲来说，重要的不是用分界线去划清某种观念所处的位置，反之，他认为貌似对立的事物互相“撞击”时所激起的“浪花”才是“昂奋”的源泉。应该说，诗人大冈信一生不懈追求的正是语言所创造出的“浪花”的强烈动力。置身于“浪

花”顶尖的时候，所有的分界线都会消失，所有的时空障碍都会隐没，只去感受动态的喜悦，至少就语言的世界而言是这样。正因为如此，他才会欣悦地和不同语言的诗人们一起去尝试“连诗”，才会像阅读老朋友的作品那样去解读柿本人麻吕、纪贯之，甚至艾吕雅、欧里庇德斯的作品。

写到这里，我还是不由得哑然失笑。如此自由自在往来于语言时空的父亲，对待我这个不务学业，只顾迷恋女性的不才之子，却是那样顾虑，甚至采用那种近乎玄妙的方法去提醒儿子。当然，父性里面，往往带有这一特点，反思自己本身，也有类似的经验。但是从父亲的题辞表现出的异常的良苦用心里，我真切地感受到他的确是义无反顾地活在语言世界里的诗人。现在我才开始领悟到，父亲果然是个不同寻常的人！并且，这种思绪，在我的心里正在一点一点地加深。

①《尤里卡》—『ユリイカ』。一九六九年创刊的文学杂志。以诗歌、评论为中心，涉及文学、思想等多领域的文学艺术综合杂志。
②《梁尘秘抄》—平安末期的歌谣集

原文引自『ユリイカ 2017年7月臨時増刊号・総特集—大岡信の世界』

你回来了，我可爱的孩子

长女、大冈亚纪

你回来了　我的呼吸
你回来了　同一个我的你
穿过团团簇簇盛开的樱花
又一个人重返故里
你回来了　我可爱的孩子
亲人们都在这里等你

一九三一年二月十六日①
富士胎内②燃烧的火焰辛勤地过滤着水
黄道水瓶宫内③高悬着炙热的太阳
我把千古之约悄悄对准你的视线
是在天意闪烁在香鱼④背鳍上的清晨

初夏的稻田里　青蛙那非凡的膂力
象征了“知识”和“智慧”之间遥远的距离
心浮气躁地听着没落士族家训的膝盖骨
跪在地上用树枝挖蚯蚓更加合适
钻进家父书架里的细波涟漪　总是
贯通着“意思”和“意义”
感受着无限扩展的膏腴

我注入天地的生命
连同损害我的种种事情
在那个夏天的八月十五日⑤　突然倒毙
生存下来的喜悦和不得夭折的困惑
那被过滤的水
在太蓝的天空下
因注满你的全身而喷射

信　乃言之必真
信　乃事事无伪
信　乃与诗共生

不做肤浅的记述
不事贫乏的叙说
世界和视界　双重叠影的漆黑被你道破真谛
宿命于因果的种子
和自然天成的果实　你探究不息
你　时时笔翰如流宛如神灵之力

万叶人和平安人⑥的诗歌
代代相传　方能留存至今
神灵降世的诗篇随风传颂
超越凡尘仍然充满生机
因此　不久　你也将咏诗作歌
变为无远弗届的语言

在小鸟的鸣啭和雷云的轰鸣中环绕吧
在被镂刻的瞬间和　被瞬间证实的永远中游戏吧
由于不在　你将变为永远的缅怀　永远的纪念

吟唱吧　为你　也为我
来　把水瓶里的水灌满
为了　再一次注入在天地之间

①大冈信先生诞辰日
②大冈信先生故乡位于富士山脚下的静冈县三岛市
③大冈信先生星座为水瓶座
④指柿田川的香鱼。柿田川是大冈先生故乡三岛市的明川，先生的著作中多次提到幼儿年代在柿田川钓香鱼的旧事。
⑤战争结束日
⑥指『万葉集』中所收的诗歌歌人及平安時代歌人。

原文引自『ユリイカ 2017年7月臨時増刊号・総特集ー大岡信の世界』

目 录

家人的追思

大冈信 爱情诗集

木马

每夜每夜，一个女子，在默默游荡

保·艾吕雅

在夕阳西下的远空
我看见一匹孤寂的木马
如同漂浮的幻影
越过天空

好心的人啊，快把窗子关上
抚摸我的秀发
把我这颗木马般的心
拴在那金环的手掌
像手铐那样

夏日情思

这日黄昏，身体倚在海边的岩石上
晚霞的色阶伴着浪潮的香气在海面滑翔
海葵纤弱的触手轻轻摇摆
苦闷的光芒甜美地流向遥远的东方

这日黄昏，在鱼群画出的波纹上
看细碎的褶皱凌乱着光芒
海葵纤弱的触手轻轻摇摆
海的香和心中的浪使我神摇心荡

一群海鸥盘旋在落网的鱼群上方
夕阳的冷光向黑色的远空下降
远去游船的倾斜也催人忧伤

这日黄昏，身体倚在海边的岩石上

心扉未开钟情未诉就已离别

无缘的思慕

把你的面影化做夏日情思

铭刻心房

青春

不着边际的梦的过剩，从一个爱中夺去了梦。在傲慢的心灵一角，有一道宛如少女额头伤痕般的裂纹。就像被掷在防波堤下的金枪鱼脖子里溅出的血烟，悲哀从中喷涌而出，令人眩晕般的逼真。

摇摇晃晃的街景中，走过几个儿时的面孔。眼睛一眨不眨，一个个走进墙壁中。他们已然失去脚步声，只有耳朵生得又肥又大，不断地在风中摆动。

城市的湿气，在人们心中，养育的不是向日葵，而是青苔。青苔上洒满碎玻璃，流着鲜血。寂静的夜晚水溢出水罐，浸湿青苔。养育青苔。

那是鲜血之上的澄澈。

肿胀的天空。肿胀的水。肿胀的树木。肿胀的肚皮。肿胀的眼睑。肿胀的唇。消瘦的手。消瘦的牛。消瘦的天空。消瘦的水。消瘦的地。肥胖的墙壁。肥胖的锁链。谁胖？究竟谁胖？谁瘦？血瘦。天是救助。天是惩罚。它是血之上的澄澈。天是血之上的澄澈。

不着边际的梦的过剩，使我从爱中失去了梦。

蓝天

1

起初，你是浮在我的蓝天上的白塔，开怀大笑在初夏的阳光下。那天，我走下河滩，放出竹叶船。满溢的梦如同水彩在水中融化。小鸟成群，不停地飞向天空，天空总是湛蓝。我的心里充满了过剩的梦，白色的小花儿在树梢缓缓摇动。

2

倘若再触到那只手掌
我的脸颊一定不会再发烫
要让柔发摆弄我的耳朵
冬天的风刮得过强

在我心里复生的
枯黄色的悲伤的面孔啊
早在我的意料之中
我低头紧咬着双唇
现在只有自尊心把我支撑
把我折磨

人是否可以相互理解？
人或许不会相互理解？

在我的头顶
冬日的灰色墙壁不断倒塌
是谁
从天空的裂缝探出头来笑着
过分柔和的日光
照着我心中的废墟
照着破碎的记忆

人是否可以相互谅解？
人一定会相互谅解
靠那自然无邪的微笑

风刮个不停
送来了烧焦的信笺和远方的笑
我心中
记忆的镜头再一次聚焦……
却已没有东西燃烧

明天我要去渡
那座吊桥
那座一次只能渡过一人的吊桥
让纷乱的记忆
浇灌二月雨

如诗如歌 2

在教室的玻璃窗前飘舞的
不是蝴蝶
是枯叶

在墓碑上停落的
不是蝴蝶
是枯叶

在你和你的恋人胸前飞舞的
不是蝴蝶
是枯叶

欸？ 是雪花？
飘飘洒洒落个不停

不，那不是雪花，是漫天的枯叶

啊，裸体的地球也穿上了新衣
你的眼里一定也蔓延着叶脉
每夜每夜我们都被吹到天空深处

啊，是你吗？ 昨夜抚摸我的人
抱歉　我已记忆不清
看，所有的人手脚都变得修长
飘舞着前行

如诗如歌 3

十六岁的梦里，我总感觉眼前有一条笔直的春之路。大路直通天空，在无数只不见身影的海鸥振翅声里，在天海一线的蔚蓝中，无限延伸。恋人们坐在林荫树的树梢，编织着白色的小帽，风刮来，吹散了绒毛。

十六岁的梦里，我融化在自由中。正午的天空下，我是鲜花活在水中。年长的姑娘到南方去了，她的眼神如同牝马一般充满柔情。她的信带来水莲的芬芳和潮水的清香，棕色的动物们在我的牧场练习跳跃彩虹。

我对一切都回答："不"，但我的身体却不由自主地喊叫："是"！

献给春天

在沙滩上掘出打盹儿的春天
你用它来装饰柔发　你笑了
笑的泡影波纹般地向空中漂散
大海静静地温暖着草绿色的太阳

我的手牵着你的手
你把石子投向我的天空
啊　今日天空的深处
流动着花瓣的倩影

绿色的嫩芽在我们手上萌发
金色的太阳
溅着水花儿旋转在我们的视野中央

我们是湖泊是树木
是从树缝筛落在草坪上的阳光
是雀跃在你秀发上的
灿灿的光环

门在新风中敞开
无数只手臂召唤着绿荫和我们
路在柔软的大地肌肤上鲜活地延伸
你的手臂在泉水中闪耀着光芒
于是　大海与果实
在我们的睫毛下沐浴着阳光
悄悄地开始成熟

活着

人们是否知晓
水有多层构造
水底的鱼和飘在水面的金鱼藻
沐浴着不同的光
这使它们各具风采
也给它们罩上阴霾

大街上我捡到了一颗珍珠
我活着
活在影像的森林里
活在用心灵的丝线编织的音符上
我活着
活在雪地上水珠的洞穴里
活在开满钱苔的湿地上

我活着
活在过去和未来的地图上

自己的眼睛昨日是什么颜色
已然忘记
但自己的眼睛昨日看到的一切
手指熟知底细
因为眼睛看到的一切
都像用手抚摸山毛榉的肌肤一样
被抚摸
啊，我活着
活在微风吹拂的性感里

神话只在今日

光滑的青苔上燃烧的影子
是我心中燃烧的荆棘
鸟儿在我的双眼做巢
把风儿送往树丛和街道

晨光躲在绿叶的背面
幻想着午后的绿荫
街巷的远处尘土弥漫
早已逝去的你的母亲
从飞舞在尘烟中的孩子们中间
伸出一只温柔的手
把圆圆的小石子
抛洒到池塘边……

池塘中回荡着小鸟的足音
那是我们梦的振翅声
展开的翅膀是五根手指
飞过季节的屋顶
寻找自己的天空
青苔上
星星终于睡醒
我的夜
在你微张的柔唇上
破晓

如同地下水

拨开层层花的皱襞
地下溢出光和河流

道路
温暖着你的脚
天空
在你体内扩展

向风张开你开花的手臂吧
畅想果实戴花的清晨

年轻的手在泥土中伸展
我握住泥土的手
虚无的岁月过后

我挺身站立
在燃烧的森林的光辉下
悲伤也为骨头增添锐利的光芒
痛苦从体内把肉体薰香
所有的赘余早已无影无踪

我敞开身体
向着树脂流溢的森林
向着你

你身下掀起一阵风
你的声音撞到岩石回声四起
我的眼睛变成猎犬追踪循迹
在地平线　在风景里　在你我之间

生命赋

虽仅一只，却能冲破宇宙的鸟的鸣啼
虽有两只，却能充满宇宙的鸟的静寂

少年时

被水草的沉重叹息笼罩的
黄昏的街道中
像鱼儿，像书信
逶迤穿行的春天
还有骤雨

石阶上
鸽子在啄食我透明的身影
死者们乘坐喷泉
升入遥远的高空

风吹来
为我冲洗眸子的
枯叶雨

鱼缸里的金鱼背上
一个少年
在啃食海藻
晚霞中
从悬挂在夕阳边缘的
遥远的城镇
走来手提着长葱的
我的赤脚恋人

两人

地平线忽然割为两段
一位少女
怀抱无力的花束
悄然站立中间

从塔希提岛方向吹来的风
环绕少女细细的腰身
把她和花束一同卷起
抛向地平线的上层

遥远的彼岸
骤雨抽打着小鱼
而少女接受了风的
奇妙的爱

已经无法从高处走下
在早出的晚霞里
俯瞰云下　左右徘徊

透过临街明亮的玻璃窗
我看到了这奇妙的景象
被夕阳染红的少女的面孔是那样熟悉
她正是我心上的少女

怎么办？
我们已经约好
在海上见面
她说要在那里和鱼儿鸟儿聊天

我拼命地奔跑在浪涛上
然而我总是错过
伤心地俯瞰着我的姑娘下方

夜幕已降
云雾隔开了我和少女
地平线载着她远离
大海嘻笑着掀起波浪
突然她在云端大声呼喊
撒谎，撒谎，你撒谎……

我狼狈地奔跑
头上落下被揪碎的花瓣
波浪载着花瓣
流向黑蓝色海藻喧嚣的未来彼岸

肖像

粗糙的额头上
田野和城镇沉落

无论何时
你总是从苏醒的里侧走出
你的出现
就像巡绕海面的微风
没有开始却在持续
树木消失的森林令人颤抖
永远的正午　永远的传说

鸟儿的脚趾
被火焰镶上金边儿的黄昏
你是一小块燃烧的云

从你身体的子午线上
从美丽的珊瑚礁旁
游过苍白的鱼群
在海藻的缝隙中　凝视远方高塔的
眼睛
那是一直燃烧着的日冕

你是一面镜子
没有底面没有边缘
我坠入你的
无底无边的镜中

有时
垂在你体内的　秋千
没有孩子们的身影
只是静悄悄地坐着秋天

而你
是逆天而上的美丽无比的暴风
超越闪电　超越期盼
向宇宙的边缘伸出十根手指
那指尖
多么灼热　好似柔唇一般善感

远处吹来微风
还你大海的颜容
焦灼而清爽的腋毛
你无尽地行走

为了默默地证明
只有在动中才能完美地保持原形

山丘的脖颈

山丘的脖颈分明在闪光
其实不过是灌木叶在随风飘荡

恋人啊　你的目光是在讲述
天地之初　万物皆无时的那个深凹

走过曾经高塔耸立过的荒野
我们跌向未来

想要化开冻结的笑脸
好像还有太多的阻碍

恋人啊　你的目光还在讲述
天地之初　万物皆无时的那个深凹

你颤抖着喉咙在唱歌
那歌声瞬时融入鸟语风声

在雨点般的焰火和当铺旗下
我们制作了那些道具和夜

给予和不给予　相互捉弄
巨响和惊愕　　相互要戏

所有的绸缎变为破旧衣衫的午后
我们编出了　那些谚语和笑

编织和被编织　相互捉弄
明言和隐匿　　相互要戏

向着仙人敲击棋盘的回音
我展开了体液欢喜的双翅

恋人啊　你的目光还在讲述
天地之初　万物皆无时的那个深凹
满身花粉的自我之马在改变
每次街头回首　都会看到你的面孔
变为陌生的森林日渐茂盛

为了遮掩体内日益膨胀的焦思
收集起天上的露水浸透你的毛发

你违背了自己嘴里说出的语言含义
变成别的天体、别的液体在闪光

恋人啊　在我们制作的夜的地面
撞击和波荡　相互捉弄

亲吻和羞怯　相互耍戏　还有
保护写在沙地上留不住的文字的我们自己

男人作为一时覆盖女人的天体变成塔
女人作为一时覆盖男人的天体变成塔

走过曾经高塔耸立过的荒野
我们跌向未来

莫名其妙的悲伤为我们着色
我们在海浪敲击出的欢快伴奏中小憩

山丘的脖颈分明在闪光
其实不过是灌木叶在随风飘荡

火焰之歌

触到我
人们总是大声惊叫
然而自己是热是冷
我并不知晓
我不会在同一位置停留片刻
因为瞬间前的我已然无处寻找
我随时在消失
凭借着燃烧

我以黑暗为敌
然而我的归宿
却只有黑暗的穴巢

人们畏怯我

是因为我不知缘由

而主动亲近树木、纸或人的肉体

上前爱抚它们，吞没它们

而我自己

也在它们的灰烬上死掉

因为我向来寡欲清高

触到我人们发出的惊叫

让我知晓

我对人类的友爱之心

对他们是如何恐惧的目标

你就在我身边

声音总是传向地球之外

然而我就在你身边
你就在我身边

你的形体寂静无声
但我还是如此地相信你的存在

一整夜　狂风刮个不停
我却有了时间冥想

睡莲和火焰有了时间喘息
满月和酒坛有了时间休憩

然而　总有讨厌的使者气喘吁吁地
跑来归纳我们的人生

而时间又是那样缓慢流逝
就像冰凉的水渗透厚纸

时间朝着满溢的时限
还在一滴一滴地渗入我的身体

声音总是向着寂静升调
一直落向地球之外

我独自一人　活在你的生命之中

光的果实

你的胸的半球　好远　好远
在海上　它被托在我的手边

光的果实啊　好重啊　好重
你是荆棘的刺　刺扎着脏腑之壁　爬行

遥远　使你充满我的心中
不在　使你占据了我的五脏六腑

深夜　你化作八万四千颗星星冲破了梦
你走过我的时候

透过破裂的玻璃窗我看见
八万四千颗星星穿透你的身体
漫天飞舞着向空中弥散

恋人*的沼津

天空倒映在海面时
海，再已不是黑夜里的海
心中思念你的时候
我，会乘坐雪的火焰
穿过大海
把月亮化身的你
高高挂在空中

你的胸　在我手掌上是那样沉重
两人之间一百公里的距离
是一条钢丝绳般难渡的
我的地平线

夜色中

我一直走到尽头
带着黎明前的疲惫
直到叩响你的门
那住着结核菌的　你肺部的门

树叶飘落
鸟儿高飞
在天明后荒凉的冬季田野
我们的双脚在开辟着路
生怕惊醒
瞌睡中的苦恼的蚂蚁
但我们仍然要为它们开路
用我们自身

看吧
海面映出天空时
一轮轮的阳光
把一条条鱼儿的眼睛镶上金环

鱼儿一边下沉
一边用扁平的下颚啄食岩藻
然后睁着眼睛睡去
如同不知不觉陷入痛苦深渊的灵魂

你可知晓
并肩而站的我们身边
还有另外的我们
落入深深的睡眠
啊　忘记了一切痛苦
睡得那样香甜

因此我随时都会
乘坐雪的火焰
穿过大海
把月亮化身的你
高高挂在空中
飞向昔日沼津夕阳的彼岸

*原文为「サキの沼津」。大冈夫人的笔名为「深瀬サキ」。

双眸

好似飞向云端的鸟儿
分别又相逢的
空中航路
一般

后　记

大冈信先生是我的恩师。

我第一次见到大冈先生是我来日的第三天，在明治大学大学院的新生欢迎会上。先生听到我和日本同学用日语交谈，就走过来说："你的日语很好，发音也很正确。就是有点儿象播音员在广播。"然后，对我身边的日本同学说："你们要多跟她聊天儿，让她学会自然的会话。不过，不许教不健康的日语哟！"

真难相信，事情已过了三十一年。

那一年的年底，我应邀参加了在先生家里举行的忘年会。从此，每年春天一定到先生家赏花，新年一定到先生家过年。三十多年来得到了先生以及夫人多少关照，已经无法用语言表达。

大冈先生不仅是我学问上的恩师，也是我生活上的恩人。大冈夫妇支持了我和日本丈夫的结婚，并做了我的结婚保证人。记得我女儿出生的时候，先生和夫人正在巴黎讲学。听到消息，马上从巴黎寄来了一大箱的婴儿衣服。并且在信上说："很久没有买婴儿的衣服了，又尝试了一下做爷爷奶奶的喜悦"。事情过去二十多年了，当时的感动我至今难忘。

2007年4月5日，大冈先生与世长辞，享年八十六岁。在他去世前四天的4月1日，我和一些先生的朋友去大冈宅赏花。当时先生满面红光，身体状况很好。分手的时候，先生笑着和我们一一握手，约好忘年会再见。万万没想到这竟成了永别。

大冈信是日本战后最有代表性的诗人之一，同时也是杰出的评论家。毫不夸张地说，他的逝世对日本文坛是一大损失。他的著作之多，如果用“等身高”来比喻的话，至少有三、四人之高。先生在世时，作为他的学生，不是没想过把他的作品译成汉语,介绍给中国读者。但是，先生的作品，语言之丰富，表达之高妙，内涵之精深，我真的没有信心驾驭。现在，先生离世而去，我心里留下了无限的遗憾和对先生的深深歉意。

为了表达缅怀之意，在大冈夫人的大力协助下，从先生的众多诗作中，精选了二十首爱情诗，用汉语献给大家。

诗的翻译很难，特别是翻译语言魔术师大冈先生的诗，更加令人诚惶诚恐。想起先生在世时，聊起翻译问题，先生曾说过，每当看到自己的作品被错译，都有说不出的气恼和无奈。因此，这次爱情诗的翻译，遵照先生的生前教导,在翻译三大原则的“信达雅”中,特别重视了“信”，尽量把先生的语言鲜活地展现出来，供大家咀嚼，欣赏。

《大冈信 爱情诗集》的出版，得到了大冈先生一家的全力支持和协助。首先,对我选出的20首爱情诗，大冈夫人一一作了确认。并且一首一首地为我讲述了发表时的时代背景，和很多令人感动的温馨故事。比如，〈木马〉这首诗是先生在热恋中创作的。诗是用铅笔写在一张小纸片上，趁人不注意，偷偷地塞到现在的夫人、当时的恋人手里的。

大冈先生之子大冈玲是小说家，也是芥川奖和三岛奖的双料得主。女儿大冈亚纪是画家、诗人。本书出版时希望转载他们写给杂志《尤里卡》的追悼文和追悼诗，二人欣然同意，并对自己的文章、诗篇为我作了详细解说。另外大冈亚纪女士还

无偿提供了她的画作作为封面背景。

为了让日本读者和中国读者同时欣赏到大冈先生的精品爱情诗，本书除中文译本外，还登载了原作。并且还附有音声CD。我自己朗读了汉语译本，日语原版朗诵，有幸请到了我的好友，同时也是大冈先生的学生，专业播音员奈良祯子女士担任。奈良女士的朗诵，声情并茂，字正腔圆，是教科书级的诗朗诵标本。另外，在我的“无礼”要求下，大冈夫人特意挥毫为本书写了书名，并且还亲自朗诵了开头第一首诗〈木马〉，敬请欣赏。

最后，对为译稿进行了热心校对和指正的张石先生、胡兴智先生表示衷心的感谢。并向为本书出版发行提供大力协助的段跃中先生深表谢意。

陈淑梅

2018年春　大冈信先生逝世一周年忌辰

写真提供：大岡かね子